KB273221

내가 쓰는
아침형 인간의
노트

내가 쓰는
아침형 인간의
노트

내가 쓰는
아침형 인간의
노트

큰나무

항상 변화하라.

받을 수 있는 모든 교육을 받고 무엇인가를 하라.

한 곳에 머물러 있지 말고, 일을 만들라.

—— 리 아이아코카

1. 오늘만큼은 30분 일찍 일어나 행복해 지자 — 결심한 만큼 행복
   해진다.

2. 오늘만은 아침형 인간이 되려는 자신을 주어진 장소와 상황에 순
   응시켜 보자 — 욕망에 사로 잡히지 말고 가족, 사업, 운을 그대
   로 받아들이자.

3. 아침형 인간이 되려면 몸을 아끼자 — 운동을 하고 영양을 골고
   루 섭취하자. 내 몸을 혹사하거나 함부로 부리지 말자.

4. 아침형 인간에 맞게 오늘만은 오늘 하루로써 살아 보자 — 삶의
   모든 문제를 앞에 놓고 한꺼번에 해결하기 위해 덤벼들어선 안
   된다. 그러나 일생을 두고도 도저히 감당할 수 없는 문제라면 오
   늘 하루만에 해결해 보자.

5. 오늘만은 아침형 인간에 맞게 하루의 계획을 작성해 보자 — 시
   간에 따라서 해야 할 일들을 적어 보기로 하자. 충동과 주저라는
   악습을 제거할 수도 있다.

6. 아침형 인간이 되기 위해 오늘만은 30분이라도 혼자서 조용히 쉬
   는 시간을 가져 보자―그러면서 자신에 대하여 객관적으로 생각
   해 보자. 과거와 미래의 내 삶에 대한 올바른 인식을 얻을 수 있을
   것이다.

7. 아침형 인간이 되기 위해 오늘만은 두려워하지 말자―자신감을
   가지고 하루를 시작하자. 그 어떤 위기가 찾아온다 해도 물리칠
   수 있다는 각오를 갖자. 오늘의 두려움은 내일의 장애라는 생각
   을 하자.

8. 아침형 인간이 되기 위해서 오늘의 스케줄을 주도 하며 살자―
   만약 시간을 어떻게 쓸지를 당신이 결정하지 않는다면 다른 것이
   당신의 스케줄을 주도하게 될 것이다.

좋은 일도 나쁜 일도
모두 당신 생각이 그렇게 만드는 것이다.
—셰익스피어

행동 없는 식견은 백일몽이요, 식견 없는 행동은 악몽이다.
—일본 속담

> 어떤 사람들은 25살에 이미 죽어버리는데
> 장례식은 75살에 치른다.
> ―벤자민 프랭클린

내 자신의 실수로 얻는 것이 성공에서
배우는 것보다 많다. 만약 실수를 하지 않는다면,
충분한 기회를 갖지 못했다는 것이다.
―존 스컬리(애플컴퓨터 회장)

분석을 함에 있어, 상대를 면밀히 관찰하고 다음과 같은 질문을 스스로에게 해 본다. 대답할 때는 항상 그 사람의 행동을 돌이켜 보아야 한다. 몇 초 이내에 상대의 성격을 분석할 수 있을 것이다.

차가운 성격인가, 아니면 따뜻한 성격인가? — 그가 레스토랑의 직원들이나 웨이터를 어떻게 대했는지 상기한다.

그는 '나'에게 더 관심이 있는가, '우리'에게 더 관심이 있는가? — 대화 속에서 그가 '나'라는 말을 얼마나 자주 사용했는지 상기한다.

그는 정직한가, 그렇지 못한가? — 그가 약속을 위반했는지 혹은 안건을 속였는지 상기한다.

그는 유머 감각이 있는가? — 그가 당신이 한 농담을 좋아하는지 형편 없는 말을 그냥 웃어 넘겼는지 되새겨 본다.

그는 앞에서 이끄는 타입의 사람인가, 아니면 따라오는 타입인가, 남의 말에 귀를 기울이는가, 그렇지 못한가? — 그가 새로 만난 사람들과 어울려 이야기를 나누는 것을 편하게 여겼는지 되새겨 본다. 그 다음 그가 무리를 따라 움직였는지 아니면 좌중을 주도했는지 상기한다. 그가 말을 멈추고 다른 사람이 이야기하는 것을 들었는지 그리고 다른 사람들의 견해에 진심으로 귀를 기울였다고 할 만한 예가 있었는지 기억한다.

그는 시선을 마주치는 데 능한가, 보통인가 아니면 시선을 피하는 쪽인가? — 점심이나 저녁을 함께 먹을 때 당신과 눈이 마주친 경우를 상기한다.

그는 지적이라기보다는 세상물정에 밝은 사람인가? — 당신이 화제를 비즈니스에서 예술이나 당신이 읽었던 책 쪽으로 바꾸려고 했을 때 어떻게 반응했는지 상기한다.

훌륭한 경영인은 비전을 창조하고,
비전을 명확하게 하며,
비전을 열렬히 소유하고,
완성을 향해 냉혹하게 추진한다.
—잭 웰치

내 마음속의 나쁜 욕심을 경계하라.
—채근담

실패는 고통스럽다.
그러나 최선을 다하지 못했음을 깨닫는 것은
몇 배 더 고통스럽다.
— 앤드류 매튜스

너무 높게 솟아올라서 떨어지기보다
솟아나기 위하여 굽히고 있으라.
— 작자 미상

현명해지기란 무척 쉽다.
그저 머릿속에 떠오르는 말 중에서
바보 같다고 생각되는 말을 하지 않으면 된다.
―샘 레븐슨

아침형 인간의 입에는 솔직이 가득 찬다.

아침형 인간은 '예' 와 '아니오' 를 확실히 말한다.

아침형 인간은 어린아이에게도 사과할 수 있다.

아침형 인간은 열심히 일하지만 시간의 여유가 있다.

아침형 인간은 열심히 일하고 열심히 놀고 열심히 쉰다.

아침형 인간의 하루는 25시간이다.

아침형 인간은 과정을 위하여 산다.

아침형 인간은 순간마다 성취의 만족을 경험한다.

아침형 인간은 넘어지면 일어서는 쾌감을 안다.

아침형 인간은 문제 속에 끼어든다.

아침형 인간이 즐겨쓰는 말은 "다시 한 번 해 보자"이다.

평온한 바다는 결코 유능한 뱃사람을 만들 수 없다.
—영국 속담

문제는 목적지에 얼마나 빨리 가느냐가 아니라
그 목적지가 어디냐는 것이다.
— 메이벨 뉴컴버

한 번 실패와 영원한 실패를 혼동하지 말라.
—F. 스콧 피츠제랄드

시작이 절반이다.
—아우렐리우스

운명의 밧줄을 풀어 버려라.
그렇지 않으면 다른 사람에게 휘둘린다.
승산없는 싸움은 하지 말라.
— 잭 웰치

우리가 행하는 하루하루의 작은 일들이
우주의 전체적인 조화를 유지시키는 힘이다.
—마더 테레사

당신은 자신이 언제 어떻게 죽을 것인가를 선택할 수 없다.
당신이 선택할 수 있는 것은 어떻게 살 것인가 하는 것이다.

꿈꿀 줄 모르는 자는 죽은 자다

노스캐롤라이나 주의 미식축구 감독이었던 짐 발바노는 뼈 암으로 죽어 가면서 전국에 방영되는 텔레비전에 나와 이런 말을 했다.

"나는 죽음을 앞두고서도 여전히 할 일은 한다는 굳은 신념을 갖고 있다. 우리의 꿈은 우연히 생겨난 영감에서 추진력을 얻는 경우가 대부분이다. 따라서 그 영감에 재빨리 응답하지 않으면 기회를 놓치기 쉽다."

백여 년 전에 엘리 휘트니는 남부 여러 주를 여행하다가 목화 재배업자들로부터 원면에서 씨를 뽑기가 너무 힘들다고 불평하는 소리를 들었다. 그들은 말했다.

"어떤 녀석이 대신 일해 줄 기계를 만들어 준다면 얼마나 좋을까!"

그날 밤 휘트니는 잠자리에 누워 그들이 한 말을 곰곰이 생각했다. 자정이 훨씬 지난 뒤 그는 시원한 바람을 쐬기 위해 자리에서 일어나 창가로 갔다. 창가에서 농장을 내려다보니 고양이가 닭 한 마리를 물어 죽인 뒤 닭장 밖으로 끌어내려 안간힘을 쓰고 있었다.

그러나 닭장 철망의 구멍이 너무 좁아 고양이는 결국 포기하고 어디론가 사라졌다. 그때 그에게 어떤 생각이 떠올랐다.

'목화 섬유를 걸러 씨를 뽑아 낼 수 있는 쇠 그물 장치를 만들어 내면 되지 않을까?

그리고 며칠 뒤 그는 최초의 조면기를 만들 계획을 세웠다.

우리의 꿈에는 문제에 대한 해답이 들어 있는 경우가 있다. 늘 꿈을 꾸고, 늘 행동하라.

미네소타 주 의학협회는 '노인' 을 이렇게 정의하고 있다.

- 늙었다고 느낀다.

- 배울 만큼 배웠다고 느낀다.

- "이 나이에 그깟 일은 뭐 하려고 해!" 라고 말하곤 한다.

- 내일을 기약할 수 없다고 느낀다.

- 젊은이들의 활동에 아무런 관심이 없다.

- 듣는 것보다는 말하는 것이 좋다.

- '좋았던 그 시절' 을 그리워한다.

더글러스 맥아더 장군은 이렇게 말했다.

"단순히 오래 산다고 해서 늙는 것이 아니다. 사람들이 늙어 가는 이유는 목적과 이상을 잃어버리기 때문이다. 세월은 피부를 주름지게 할 뿐이지만, 무관심은 영혼마저 주름지게 한다. 머리를 숙여 성장하는 영혼을 흙으로 되돌리는 것은 긴 세월이 아니라 근심, 의심, 자신감의 결여, 두려움, 절망과 같은 것들이다."

　　“당신은 믿는 만큼 젊고, 의심하는 만큼 늙는다. 자신감을 갖는 만큼 젊고, 두려워하는 만큼 늙으며, 희망하는 만큼 젊고 절망하는 만큼 늙는다.”

　　늙지 말라. 늙는 것은 전적으로 당신의 태도에 달렸다. 늙지 않기로 작정했다는 것은 더 성장할 수 있다는 표시다!

성공에 대해서 서두르지 않고, 교만하지 않고,
쉬지 않고, 포기하지 말라.
—슐러

성공에 대해서 서두르지 않고, 교만하지 않고,
쉬지 않고, 포기하지 말라.
—슐러

삶의 목적은 목적 있는 삶에 있다.
—로버트 바이튼

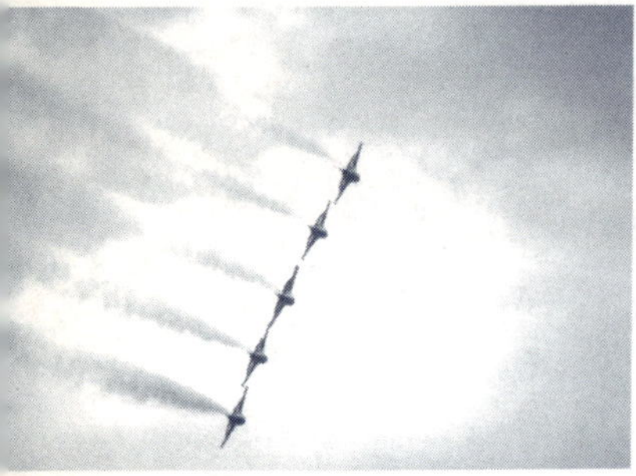

실패를 괴로워하지 말라.
한 가지의 실패는 그것으로 끝을 내라.
— 러셀

인생은 흘러가고 사라지는 것이 아니다.
성실로써 이루고 쌓아가는 것이다.
—존 러스킨

목적은 인생의 나침판이다.
　　　　　　—톨스토이

현명한 사람에게는 하루하루가 새로운 삶이다.
오늘은 절대로 두 번 다시 오지 않는다.
— 단테

노르웨이의 생물학자이자 탐험가였던 난센은 동료와 단 둘이 북극의 황무지를 가다가 길을 잃었다. 길을 헤매느라 식량을 다 써 버린 그들은 썰매 끄는 개를 한 마리씩 잡아먹었고, 결국에는 등잔에 쓰는 고래 기름마저 먹어 버렸다.

난센의 동료는 힘든 역경을 이겨 내지 못하고 죽었다. 그러나 난센은 포기하지 않았다. 그는 스스로에게 "한 발 더 갈 수 있다"고 끊임없이 말했다. 그는 살을 에는 추위 속에서 한 걸음 내디뎠고, 마침내 어느 빙산 꼭대기에서 자신을 찾으러 나온 탐험대를 발견했다. 그 당시에는 미처 깨닫지 못했지만 난센은 절망적인 상황을 자신의 인격을 발전시키는 실질적인 기회로 이용했다. 그는 자신의 마음을 깊이 탐구했고, 불굴의 정신, 즉 결코 포기하지 않는 정신을 발견했다.

그는 탐험에 나섬으로써 자신이 몽상가이자 위대한 탐험가임을 증명했다. 그리고 탐험에서 살아 돌아옴으로써 자신이 위대한 정복자임을 증명했다.

아침형 인간이여, 스스로 추구하라. 자신의 가장 중요한 영토, 곧 자아를 정복하라.

배는 바닷가에서 잘 난파된다.
—베르그송

겨울의 추위가 심한 해일수록 봄의 나뭇잎이
훨씬 푸르듯, 사람은 역경 속에서 단련된다.
— 프랭클린

신념은 인내력을 강하게 해 준다.
— 노먼 빈센트 필

버릴 것은 일찍 버려라.
—헤라클레이토스

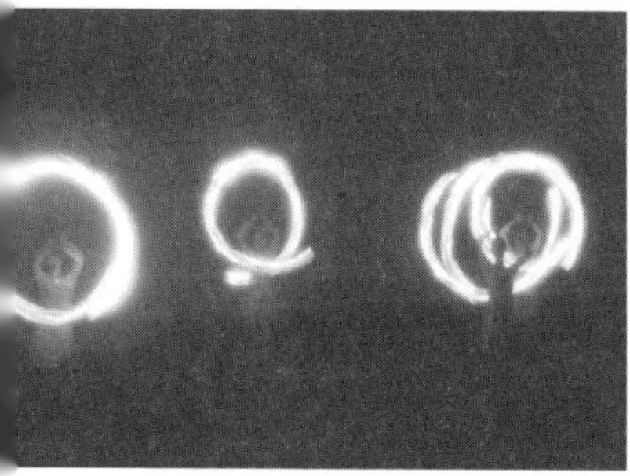

순간순간을 최후처럼 생각하라.
그와 더불어 어떠한 순간도 더 이상 갈 수 없는
완성된 것이라고 생각하지 말라.
—짐멜

세월은 누구에게나 평등하게 주어진 자본금이다.
이것을 어떻게 유용하는 가에 따라 그 사람의 장래가 결정된다.
—듀이

내일로 미루면 영원히 하지 못한다.
지금 당장 시작하는 것이 중요하다.
— 칼라일

한 심리학자가 친구를 만나 자신과 동료 심리학자들이 미로에서 쥐를 실험하고 있다고 말했다. 그는 미로 한 쪽 끝에 쥐를 가져다 놓고 다른 쪽 끝에는 음식을 놓아둔다고 설명했다. 그리고 쥐가 미로를 빠져 나와 음식을 찾기까지 걸리는 시간을 쟀다. 연구자들이 쥐를 다시 미로에 넣자 쥐는 좀 더 빨리 음식을 찾았다. 얼마 후 쥐는 미로에 익숙해져서 전혀 헤매지 않고 곧장 음식 있는 곳으로 달려가 음식을 입에 물기까지 불과 몇 초밖에 걸리지 않았다.

심리학자는 그 다음에는 음식을 치워 놓는다고 설명했다. 한동안은 쥐를 미로에 가져다 놓으면 쥐는 곧장 음식이 있었던 쪽으로 달려갔다. 그러나 그리 오래지 않아 쥐는 음식이 없다는 것을 알아차리고 그곳에 이르고자 하는 시도조차 하지 않았다. 그 심리학자는 "그것이 쥐와 인간의 차이점이다. 쥐는 언제 그만두어야 할지 안다"라고 결론지었다.

당신이 스스로 새로운 모험을 하고, 새로운 목표를 세우고, 새로운 방식으로 일할 각오를 하지 않는다면 승리하고 싶은 열의마저 잃어버리게 될 것이다.

　지나간 길로 다시 돌아가지 말라. 때로는 반복되는 일에서 벗어나 "내게 더 큰 목표가 필요하지 않는가? 내 인생을 변화시키려면 무엇을 해야 하는가?"를 자문하라.

　쥐를 닮지 말라. 모험을 하라. 사람들이 당신의 예상이 아니라 당신의 다방면의 능력에 의지하게 될 것이다.

참고 인내하면서 노력해 나가는 것이 인생이다.
인생의 희망은 늘 괴로움의 언덕너머에서 우리를 기다린다.
— 맨스필드

성공은 노력의 대가이다.
— 나폴레옹

고기가 탐나거든 그물을 짜라.
―칼 힐티(스위스의 사상가 · 법률가)

> 인간은 모두 경험을 통해서 조금씩 성장해 간다.
> ― 단테

노력도 절약이 필요하다
—굴드

노력도 절약이 필요하다
—굴드

자신이 하는 일에 관심과 신념을 가져라.
—괴테

너 자신에게 진실하라.
—셰익스피어

낸시 메르키는 10살 때 심한 소아마비에 걸려 언제나 목발을 짚고 다녀야 하는 신세가 되었다. 그러나 낸시는 자신의 처지를 어쩔 수 없는 운명으로 받아들이지 않았다.

부모는 그녀를 포틀랜드의 한 운동 센터의 수영 코치였던 잭 코디에게 데리고 갔다. 그들은 코디가 수영 치료로 낸시의 다리 근육을 강화시키는 데 도움을 줄 수 있을 것이라고 믿었다. 코디는 1년여에 걸쳐 낸시에게 풀장을 헤엄쳐 건너는 법을 가르쳤다. 낸시는 반드시 해내겠다는 굳은 결의로 코치가 이끄는 대로 따라갔다.

코치는 이러한 낸시를 보고 그녀가 소아마비를 치료하고 건강을 회복하는 데에만 관심이 있는 것이 아니라 수영 챔피언이 되고자 하는 의욕에 불타고 있다는 것을 서서히 깨닫기 시작했다. 낸시는 4년 후에 캘리포니아 산타 바바라에서 열린 한 수영 대회에서 3등으로 들어왔다. 그리고 19살 때 자신의 수영 방식을 바꿔 마침내 전국 대회의 챔피언이 되었다. 루즈벨트 대통령이, 소아마비에도 불구하고 어떻게 챔피언이 될 수 있었느냐고 묻자 낸시는 간단히 말했다.

"계속했을 뿐입니다, 대통령 각하."

계속해서 반복하고, 그 후에는 끈질기게 노력하라. 이것이 바로 아침형 인간이 가져야 할 기본적인 마음가짐이자 인생에서 승리하는 가장 좋은 방법이다.

행복은 주어지는 것이 아니라 만드는 것이다.
세상이 자기를 행복하게 해 주지 않는다고
불평하는 것은 하나의 이기에서 온 병이다.
— 쇼

꾀를 내려고 애쓰기보다 먼저 성실하라.
지혜가 모자라서 실패하는 경우는 거의 없다.
—디즈레일리

이유없이 사는 삶은 삶이 아니다.
—카뮈

아침에 진실한 사람으로서의 도리를 듣고 이것을 체득했다면
저녁에 죽는다 해도 조금도 후회하지 아니할 것이다.
— 논어

지성을 다하면 움직이지 않는 것이 없다.
— 맹자

참된 재산은 그대의 마음속에
깊이 자리잡은 것을 말한다.
—괴테

사람은 그 마음으로 생각하는 바와 같이 된다.
　　　　　　　　　　　　　　　　　—다윗

명예와 권력을 간절히 바라는 한 젊은이가 어느 날 랍비 부남을 찾아왔다.

"돌아가신 부친께서 꿈에 나타나 저더러 사람들의 리더가 될 것이라고 일러 주셨습니다."

랍비 부남은 말없이 젊은이의 이야기를 들었다. 그리고 며칠 뒤 젊은이가 다시 찾아왔다.

그리고는 다음과 같이 말하는 것이었다.

"밤마다 똑같은 꿈을 꾸는 데, 부친께서 꿈에 나타나 저더러 사람들의 리더가 될 운명을 타고났다고 말씀하십니다."

"네가 사람들의 리더가 되려 한다는 것은 이해한다만 부친께서 또 꿈에 나타나시거든 준비를 하고 있다고 말씀드리고, 다른 사람들에게도 찾아가 네가 리더임을 일러 줘야 한다고 전해 드려라."

참된 리더는 본부의 지시, 부서간의 권력다툼, 막후 쿠데타로는 결코 만들어지지 않는다. 다른 사람들을 속이고, 자신의 권력을 뽐내며, 충성을 요구하는 사람은 참된 리더가 아니다.

진정한 리더십은 거의 언제나 말없는 결의, 겸손한 대화, 부드러운 설득이 특징이다. 다른 사람들의 존경, 충성, 찬탄을 얻고 난 뒤에야 비로소 그들을 지휘할 책임을 맡게 되는 것이다.

무슨 일이든지 처음에는 힘든 고비가 있다.
그 고비를 두려워하지 말라.
첫 고비를 넘으면 생각보다 일이 쉽게 풀려 갈 것이다.
—채근담

물이 스스로를 굽히면서 마침내 바다에 이르듯,
평소의 자세를 부드럽게 가지면서
목표를 향하여 줄기차게 나가는 것이 중요하다.
—동양 명언

어느 날 미 북서 지방의 숲에서 한 중년 남자가 벌목꾼을 만났다. 그는 한참 동안 벌목꾼이 큰 나무를 열심히 톱으로 자르는 모습을 지켜보더니, "무엇을 합니까?" 하고 물었다. 젊은 벌목꾼은 "지금 일하는 게 안 보여요? 나무를 자르고 있잖아요"라고 퉁명하게 말했다.

중년 남자는 다시 물었다.

"힘들어 보이는군요. 지금까지 얼마나 걸렸어요?"

젊은 벌목꾼은 투덜거리면서 대답했다.

"댓 시간 쉬지 않고 일했더니 정말 지쳤어요. 아주 단단한 나무예요."

중년 남자는 "톱날이 무뎌진 것 같군요"라고 말하면서 자신이 30년 넘게 벌목꾼으로 일해 왔다는 말은 하지 않았다. 벌목꾼은 아무 생각없이 말을 했다.

"그럴 겁니다. 오랜 시간 톱질을 했으니까요."

중년 남자가 "잠시 쉬면서 날을 갈지요? 그러면 일이 훨씬 쉬워질 겁니다"라고 말을 건네자 벌목꾼은 이렇게 말했다.

"날을 갈다니요! 지금은 날을 갈 시간이 없어요. 톱질하기도 바쁩니다!"

당신이 평생의 직업을 택한다면 좋든 싫든 관련된 모든 일들을 기꺼이 해야 한다. "한 번의 예방이 열 번의 치료보다 낫다"는 속담이 있다. 마찬가지로 아무리 귀찮더라도 한 번 날을 가는 것이 열 번 톱질하는 것보다 훨씬 낫다.

엎질러진 물은 그릇에 다시 담을 수 없다.
쓸데없는 걱정으로부터 벗어나면
마음의 평화를 얻을 수 있다.
— 앤드루 카네기

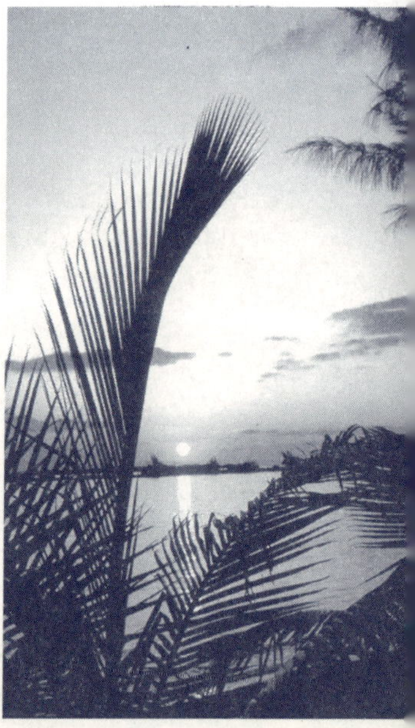

사건은 우리의 인간성을 고쳐 나가는 동기이다.
—로댕

뜻한 바를 이루려면 먼저 실력을 길러라.
—채근담

날과 달은 늘 그대로가 아니라
흐르는 물과 같이 자꾸 변해 간다.
—주자

한 남자가 차를 몰고 시골길을 가다가 갑자기 나타난 웅덩이에 빠졌다. 그는 근처에 있는 농부에게 도움을 청했다. 농부는 자신의 눈먼 노새 엘모를 차에 맸다. 그리고 회초리를 들고 허공을 치며 소리질렀다.

"으랴, 샘. 으랴!" 그는 다시 회초리로 허공을 쳤다. "으랴, 잭슨. 으랴!" 그리고는 자신의 노새를 회초리로 찰싹 치며 "으랴, 엘모. 으랴!" 하고 말했다.

그러자 엘모가 차를 웅덩이 밖으로 끌어내기 시작했다.

당황한 남자는 "샘과 잭슨은 누구지요?"라고 물었다. 그러자 농부는 이렇게 말했다.

"돕는 손길이 없다고 느끼면 아마 엘모는 꿈쩍도 안 할 겁니다!"

많은 일들이 효과적으로 이루어지기 위해서는 협동작전이 필요하다. 어느 날 한 스카우트 단장이 단원들을 데리고 도보 여행을 하다가 이 진실을 알게 되었다. 그는 나무 한 그루가 길을 막고 쓰러져 있어서 나무를 치우려고 무진 애를 썼다.

단원 중 한 아이가 "단장님의 힘이 그게 다예요?" 하고 물었다. 단장은 화가 나서 "그래, 다다"라고 대답해 버렸다. 그 단원은 "제 생각은 그렇지 않은데요. 우리한테 도와 달라는 말씀을 하지 않으셨잖아요"라고 말했다.

어느 기업의 회장이 은퇴하면서 회사의 전권을 후계자에게 넘겼다. 중역 회의 후에 은퇴한 회장은 새로운 회장을 따로 불러 "내가 자네에게 두 가지 충고를 하겠네"라고 말하면서, 봉투 두 개를 내밀었다. 하나는 '1번' 이라고 표시되어 있었고, 다른 하나는 '2번' 이라고 표시되어 있었다.

그는 이렇게 말했다. "이 봉인된 봉투를 잘 간직하게. 어느 누구에게도 이 사실을 알려서는 안 되네. 자네가 해결할 수 없는 위기가 닥치거든 1번 봉투를 열어 보게. 그러면 어떻게 해야 하는지 알게 될 걸세. 두 번째 봉투는 잘 간직했다가 다른 큰 위기가 닥치거든 사용하게나."

2년이 경과했고, 새로운 회장의 경력을 위태롭게 하는 위기가 발생했다. 그는 어떻게 해야 할까 궁리하다가 전임 회장이 준 봉투를 생각해 냈다. 그는 금고로 가서 '1번' 이라고 쓰여 있는 첫 번째 봉투를 꺼내 뜯어 보았다. 그 봉투 안에는 "전임자에게 허물을 뒤집어 씌워라"라고 적혀 있었다. 그는 충고를 따랐고, 궁지에서 벗어났다.

또다시 2년이 지났고, 또 다른 큰 위기가 발생했다.

그는 두 번째 봉투가 생각나서 금고로 가서 그것을 꺼냈다. 이번에는 "봉투 두 개를 준비하라!"라고 적혀 있었다.

당신은 늘 변명하는 사람이 될 수도 있고, 확고하고 단호한 승리자가 될 수도 있다. 오늘부터 당장 변명을 집어치우고 할 일을 시작하라.

같은 물건을 오래도록 바라보면
눈이 흐려져 결국에는 아무것도 보이지 않게 된다.
—쇼펜하우어

길은 가까운 곳에 있다.
그런데도 사람들은 헛되이 먼 곳을 찾고 있다.
　　　　　　　　　　　　　　　— 맹자

게으름은 우리의 몸과 마음을 녹슬게 한다.
—사무엘 리처드슨

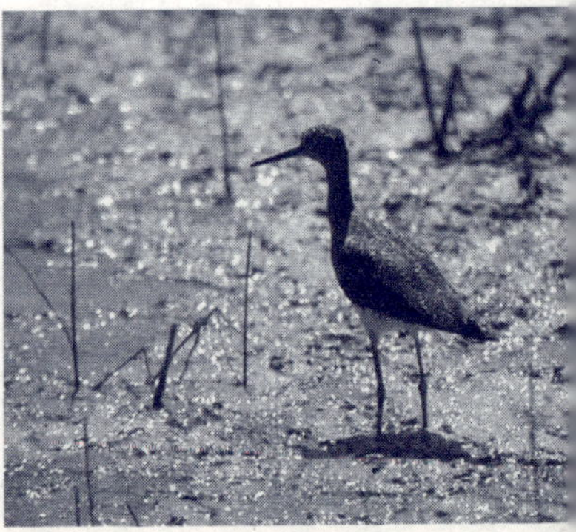

의지는 무엇보다 커다란 힘이다.

—고리키

경험할 때 비로소 느낄 수 있다.
　　　　　　　—월트 휘트먼

젊고 건강할 때 도전하라.
— 존 러스킨

남을 아는 사람은 현명한 사람이요,
자신을 아는 사람은 덕이 있는 사람이다.
남을 이기는 사람은 힘이 강한 사람이며,
자신을 이기는 사람은 굳센 사람이다.
무엇보다도 자신을 알고 자신을 이기는 것이 중요하다.
— 노자

무슨 일이든 시작이 중요하다.
—레오나르도 다 빈치

옛날 어느 겨울날에 두 시골 소년이 호수로 스케이트를 타러 갔다. 한 아이가 호수 안쪽으로 가다가 얼음이 깨져 물에 빠졌다. 나이도 어리고 덩치도 작은 또 다른 아이는 친구가 얼음물에서 허우적거리다가 얼음 아래로 사라지는 것을 보았다. 아이는 스케이트와 주먹으로 온힘을 다해 얼음을 깨 보았으나 얼음은 깨지지 않았다.

그러다 호수 기슭에 버려진 큰 나뭇가지를 발견한 아이는 자신의 친구가 빠진 곳까지 그것을 끌고 가 머리 위로 번쩍 들어올려 내던졌다. 그러자 놀랍게도 얼음에 구멍이 나면서 친구가 숨을 쉴 수 있었다. 그는 친구를 얼음물에서 건져 냈다.

후에 사람들은 조그마한 아이가 큰 나뭇가지를 던져 자기보다 덩치 큰 아이를 얼음장 밑에서 건져냈다는 말을 듣고는 "네 몸에서 어떻게 그런 힘이 나왔니?"라고 물었다. 그 이유에 대한 가장 좋은 설명은 구조를 받은 덩치 큰 아이의 다음과 같은 설명일 것이다.

"그때 거기에는 안 된다고 말하는 사람이 없었거든요."

　아침형 인간이여, 충고를 부탁할 때에는 나 못지 않게 나의 성공을 바라는 사람에게만 부탁하라. 그런 사람이 없다면 차라리 혼자 하는 편이 오히려 좋을 것이다. 그러면 누구도 안 된다는 말은 할 수 없을 테니!

실패는 이성적으로 다시 시작할 수 있는 절호의 기회다.
— 헨리 포드

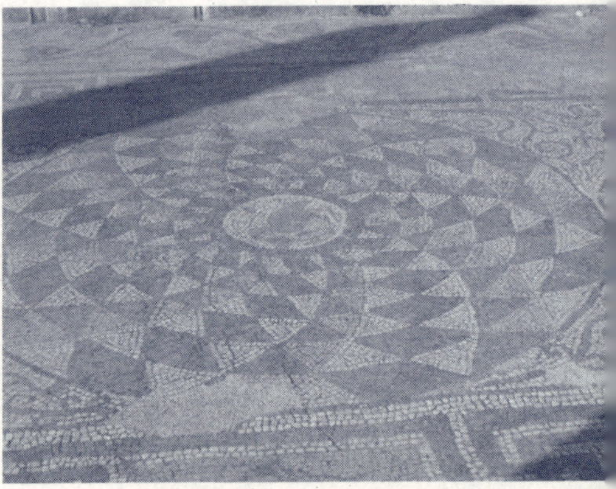

인생의 목적은 끊임없는 전진이다.

—니체

아름다운 꽃이 만발한 과일 나무에서
많은 열매가 열리듯 부지런히 일함으로써
즐거움이 피어난다.
—존 러스킨

앞으로 나아가는 사람에게는
행복이 따르지만 멈춰 있는 사람에게는
행복이 스쳐 지나가 버린다.
— 랄프 왈도 에머슨

유명한 만화가인 존 칼라한은 인간의 어리석음과 이기심의 본질을 포착해서 사람들을 웃게 만드는 놀라운 솜씨를 갖고 있다. 그는 21살 때 교통사고로 사지가 마비되는 불운을 겪었다.

사고 후 몇 년 동안 칼라한은 자신의 인생이 불행하고 무의미하다고 여겼다. 그러나 27살 때 그는 자신의 문제는 사지의 마비가 아니라 알코올에 대한 의존에 기인하는 것이라는 사실을 알게 되었다.

존은 고등학교를 다니면서 술을 마시기 시작해서 차차 알코올이 그의 인생에서 큰 문제가 되었다. 사고를 당하고도 그는 친구들의 도움으로 계속해서 술을 마셨다. 친구들은 알코올이 그가 즐길 수 있는 몇 안 되는 즐거움의 하나라고 생각했다. 그랬던 그가 자신이 알코올 중독자라는 현실에 스스로 당당히 맞서자 사태가 서서히 호전되기 시작했다. 그는 다시 대학을 다니기 시작했고, 자신의 예술적 재능을 재발견하게 되었다. 오늘날 존 칼라한은 자신의 업적을 자랑스러워한다.

"나를 계속 가게 하는 것은 어떤 성취감이다. 내가 인생을
헤쳐 온 이유를 나는 알고 있다."

당신은 누구인가? 그것을 알아내라. 그러면 당신이 인생
에서 무엇을 해야 하는지도 분명하게 알 수 있을 것이다.

음식을 먹기 전에 간을 먼저 보듯이
행동을 시작하기 전에 먼저 생각하라.
생각은 인생의 소금이다.
―에드워드 조지 리튼(영국의 작가)

매일 아침 일어나면 좋든 싫든 무엇인가
한 가지는 할 일이 있다는 것을 고맙게 생각하라.
— 찰스 킹즐리

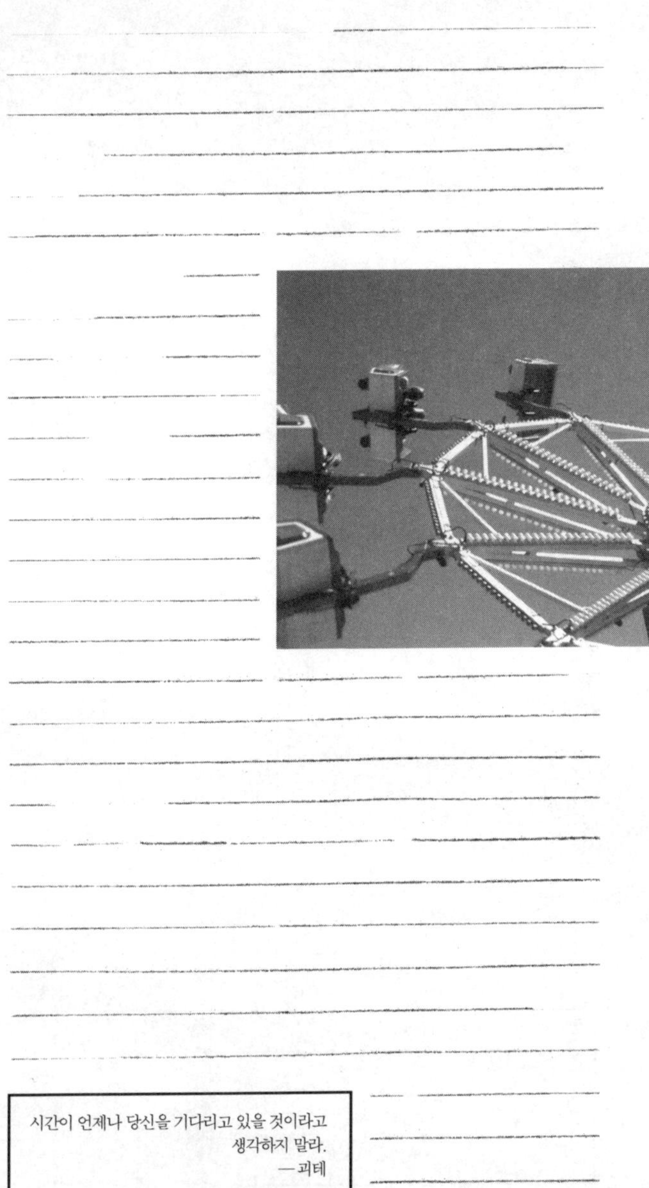

바르지 못한 일은 스스로 버려라.
—동양 명언

사람이 성공하지 못하는 것은
처음부터 끝까지 한 길로 나아가지 않았기 때문이지,
성공의 길이 험해서가 아니다.
— 디즈레일리

쇠는 달궈야 굳어진다.
당신도 지금의 시련을 통해서
더 굳은 마음을 얻게 되리라.
—아우렐리우스

그저 기다리기만 하고 봄에 대한
준비를 하지 않는다면
봄은 영영 오지 않을 것이다.
—톨스토이

주어진 시간을 헛되이 보내지 말라.
—벤자민 프랭클린

모든 일에는 차례가 중요하다.
—괴테

자기에게 그만한 힘이 없으면서도
스스로를 커다란 존재라고 생각하는 사람은
거만한 사람이다.
—아리스토텔레스

육체가 살아 있을 때 지금 내가 살아 있는지 의심하는 사람은 아무도 없다. 이처럼 어른이 된 우리는, 지금 하고 있는 일에서 정신적으로 너무 멀리 떨어져 있기 때문에 마치 그림자가 사건을 만들고 있는 꼴이다.

우리의 관심은 오로지 어떤 종류의 행동을 하겠다고 내린 결정이나 그 밖에 할 수 있는 일에 대한 판단에 집중되어 있다. 심지어 우리는 뭔가를 좋아할 때 그것이 너무 빨리 끝나버리지는 않을까를 걱정한다. 대부분의 어른들은 접시에 놓인 음식을 골고루 충분하게 먹었는지에 대한 걱정없이는 식사를 즐기지 못한다. 그와 대조적으로 어린아이들은 전적으로 행위에 전념한다. 그들은 싫어하는 일을 하고 있을 때조차도. 그들은 사람을 분류하는 나름대로의 미숙한 생각으로 모르는 사람과 친구, 혹은 예전의 적과 상호작용을 한다.

그들은 끊임없이 '지금' 하고 있는 일과 이와 유사한 과거의 행동을 비교하지 않고, 그래서 이 일이 언제 끝날지 걱정하지 않는다. 심지어 아이들은 그만 가자고 부모의 팔을 잡아당길 때조차 전적으로 그 행위에 전념한다.

산은 올라오는 사람에게만 정복된다.
—알랭(프랑스의 철학자)

참다운 사람이 되려면 다른 사람보다 더 노력하라.
—존 러스킨

바라는 것을 실천하는 삶이 참다운 행복이다.
— 로버트 루이스 스티븐슨

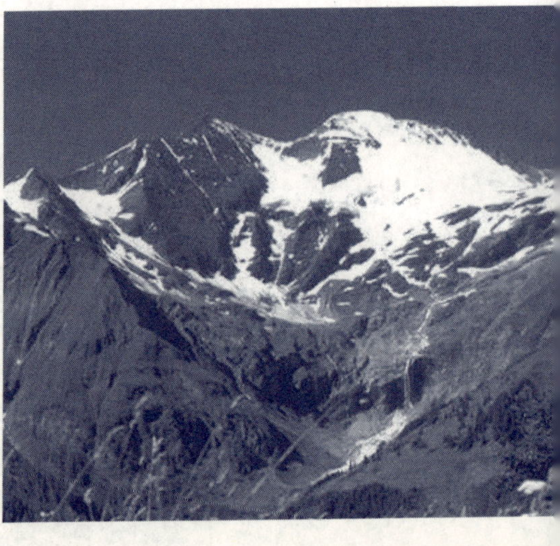

길은 가까이에 있다.
그러나 사람들은 헛되이 먼 곳을 찾고 있다.
시작도 하지 않고 미리 어렵게만 생각하고 있기 때문에
우리는 할 수 있는 많은 일들을 놓쳐 버리는 것이다.
— 맹자

열정은 남녀할 것 없이 성공의 가장 중요한 요소다.
—콘라드 힐튼(힐튼호텔 창립자)

어느 날 두 형제가 보라보라 해안 근처로 다이빙을 하러 갔다. 또 한 남자와 열 살 난 그의 아들이 보트에 동승했다. 아이의 아버지는 계속해서 "여기는 상어가 없나요?" 하고 물었다. 다들 그를 안심시키려 애썼다.

"위험하지 않으니 걱정 마시고 맘껏 즐기세요."

부자가 물 속으로 들어가자 형이 말했다.

"저들에게 아무 일이 없었으면 좋겠어."

그는 부자가 분명 상어를 보게 될 것임을 알고 있었다.

두 부자는 먼 바다의 암초 위에서가 아니라 초호(礁湖)에서 잠수를 하고 있었지만 그 초호는 백금니 암초상어가 많은 곳으로 유명했다. 그러나 두 형제는 암초상어들을 일부러 화나게 하지 않는 한 위험하지는 않다는 것을 알고 있으므로 그들을 안심시킨 것은 잘 한 일이라고 생각했다.

아버지가 물 속 산호 위에서 사진을 찍을 때 상어 한 마리가 헤엄쳐 왔다. 곧 다른 상어들도 나타났다. 여러 마리의 상어가 그를 스쳐 지나갔고, 위와 아래로 헤엄쳐 다녔다. 그는 10분도 안 돼 10마리가 넘는 상어 떼를 만났다.

그는 보트로 돌아 와서 "참 멋진 곳이지 않아요?" 하고 한 마디 했을 따름이다. 다른 사람들도 "참 멋진 곳이에요"라고 동의했다. 그러자 그가 말했다.

"상어가 없어서 참 감사했어요. 상어를 만났다면 정말 당황했을 겁니다."

대부분의 경우, 받고자 한 것을 받게 된다. 두려움을 갖고 일을 한다면 문제를 만나기 전부터 걱정이 앞서 일을 그르치게 될 것이다.

재미가 없다면, 왜 그걸 하고 있는 건가?
— 개리 그린필드

그대의 길을 가라.
남들이 무엇이라 하건 간에
내버려 두어라.
　　　　　　—단테

아무도 지나간 인생을 다시 살지 못한다

　부실 기업을 되살리는 일을 전문으로 하고 있는 앨버트 던 럽은 한때 스콧 페이퍼에서 일한 적이 있었다. 당시 그 회사 는 전년도에만 2억 7천7백만 달러의 적자를 보았고, 주식 가 격은 바닥으로 곤두박질치고 있었으며 마케팅 전략도 갖고 있지 못했다. 무엇보다 치명적인 것은 관리자와 고용인 모두 하락세를 막을 수 없다는 생각을 갖고 있었다는 점이다.

　던럽은 스콧 페이퍼로 출근한 첫 주에 과장급 이상의 모 든 관리자를 소집해서 모임을 가졌다. 그는 한 사람씩 자리 에서 일어나 회사를 위해 무엇을 할 것인지 말해 달라고 부 탁했다. 한 사람이 일어나더니 자신이 오랜 세월 동안 회사 를 위해 무슨 일을 해 왔는지 이야기하기 시작했다. 던럽은 이야기를 중단시켰다.

　"무슨 일을 했느냐는 중요하지 않습니다. 무엇을 할 것인 지를 말해 주세요. 지금의 일과 미래의 일을 말하세요."

　그 남자는 깜짝 놀랐다. 물론 그 다음부터는 회의가 있을 때마다 사람들은 각자 자신이 회사를 위해 무엇을 할 것인 지 말하기 위해 준비하지 않으면 안 되었다.

그 한 가지 작은 변화에 집중하자 사람들의 태도에 큰 변화가 일어나면서 회사에 새로운 열기가 주입되기 시작했다. 1995년 12월에 스콧 페이퍼는 실질적으로 빚을 청산했고, 주식 가격은 200%이상 뛰었다.

많은 사람들이 자신의 업적에 대한 우월감을 갖고 누군가가 그것을 알아 주기를 바란다. 그들은 앞으로의 일보다 과거 자신이 이룬 업적에 더 큰 비중을 두고 있기 때문이다.

지금보다 한 단계 더 발전한 자신의 모습을 갖고 싶은가, 그렇다면 앞으로 무엇을 할 것인가를 지속적으로 생각하라.

1957년에 사람들은 돈 라슨을 메이저리그 투수 중 최고라고 생각했다. 다들 그의 활약을 기대했지만 라슨은 그 해 시즌을 맥없이 보냈고, 다음 두 해 동안 두 번 이적되었다. 그는 모든 면에서 점점 더 나빠지는 것 같았다. 결국 그는 경기장에서 사라졌다.

돈 라슨 자신은 물론 모든 사람이 그가 더 잘 던질 수 있다는 것을 알고 있었고, 할 수 있다고 믿었다. 사람들은 1956년 10월 8일에 열린 69회 월드 시리즈 다섯 번째 경기에서 뉴욕 양키스의 선발 투수로 나온 장신인 그가 브루클린 도저스를 상대하는 모습을 보았다.

그 경기에서 라슨의 첫 공은 스트라이크였다. 양키스의 팬들에게 좋은 징조였다. 경기가 끝날 때까지 도저스는 단 하나의 안타도 치지 못했고, 1루조차 밟지 못했다. 그는 야구 역사상 처음으로 월드 시리즈에서 단 한 차례의 안타도 주지 않고, 1루조차 허용하지 않은 유일한 투수였다. 한마디로 완벽한 경기였다! 야구에서는 다른 분야에서도 적용할 수 있는 다음과 같은 속담이 있다.

"지난해의 기록으로 올해의 경기를 이길 수는 없다."

대다수 사람들에게는 그처럼 완벽하게 경기를 하는 것이 거의 불가능한 일이기는 하지만 그렇더라도 그것이 완벽을 목표로 삼지 않을 이유가 되지는 않는다.

자신의 분야에서 최고가 되기 위해 쉬지 말고 일을 하라. 높은 목표를 세울 때 최선을 다하기가 더 쉽다.

행동이 분명한 사람이 되자.
——임어당

시간을 잘 이용하는 사람은 모든 것을 얻을 수 있다.
— 아이젠하워

두렵거나 당황하거나
마음에 상처를 입지 않는다면
결코 모험을 할 수 없다.
— 줄리어 소렐

대담하게 자신의 운명에 부딪쳐라.
운명을 겁내는 사람은 운명에 지게 되고,
운명과 맞서 싸우면 운명이 길을 비킨다.
— 비스마르크

먼 곳의 꿈을 바라보며
하루하루 그 마음에 끼는
때를 씻어 나가는 것이 생활이다.
— 릴케

준비되어 있다면 기회는 스스로 오기 마련이다.
—손병희

준비되어 있다면 기회는 스스로 오기 마련이다.
—손병희

땀흘려 일한다면 이루지 못할 일이 없다.
—동양 명언

6살 때 그는 동이 트면 일어나 집 근처 건초밭으로 일하러 갔다. 8살 때는 아버지가 하는 저소득 임대 주택을 수리하는 일을 도왔다. 그는 낡은 판자에서 못 하나를 뽑을 때마다 1페니를 받았다. 12살 때 처음으로 읍내 레스토랑에서 '일자리'를 구해 식탁과 접시를 닦고 가끔씩 요리사를 도왔다.

그는 학교가 끝나면 밤 10시까지 일하고 토요일에는 오후 2시부터 11시까지 일했다. 친구들이 놀러 다니는 모습을 보면 힘이 빠지기도 했다. 그는 자신이 하는 일을 특별히 좋아하지는 않았지만 집 근처의 아이스크림 가게에 가서 친구들에게 한턱 낼 수 있어서 기분이 좋았다.

그는 열심히 일하고 믿음직스럽다는 칭찬을 들었다. 그는 중학교 1학년 때 이미 신용 대부를 받을 자격을 얻었다. 세 가지 일을 거의 동시에 하고 있었던 그의 아버지는 그에게 이렇게 가르쳤다.

"희생과 사명을 이해한다면 인생에서 이루지 못할 것이 없다."

　그는 그 교훈을 제대로 배웠다. 이와 같은 인생 철학을 갖고 이 사람은 바로 1994년 오클라호마 주에서 공화당 하원의원으로 당선된 J. C. 왓스 2세이다.

　많은 사람들이 언젠가는 위대한 일을 하겠다고 말한다. 그러나 현명한 사람들은 언젠가가 아니라 오늘 한다.

꾸준히 참는 사람에게는
반드시 성공이라는 보수가 주어진다.
— 롱펠로

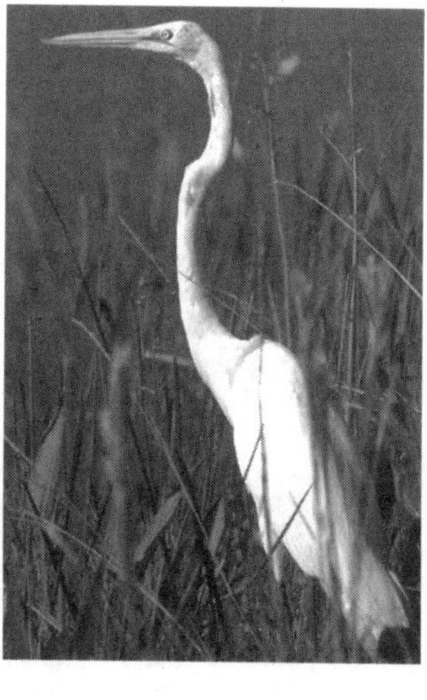

참된 용기는 다른 사람들이 겁을 내고
머뭇거리고 있을 때 그 무서움을 넘어
이성의 밧줄을 잡고 행동하는 데 있다.
이때의 이성은 위대한 생명력을 갖는다.
—존 러스킨

불행은 자신이 만든다.
　　　　—파스칼

> 자기의 능력이나 실력은 생각하지 않고,
> 단숨에 몇 계단을 뛰어 올라가려는 사람은
> 성공하지 못한다.
> ― 데일 카네기

신념만 있으면 이루지 못할 것이 없다

지미는 11살 때, 자신의 고향 오하이오 주에는 주(州)를 대표하는 좌우명이 없다는 사실을 알고 몹시 실망했다. 그는 주 의회에 주 좌우명을 의안으로 채택하게 하기 위해서는 많은 사람들이 서명한 청원서가 필요하다는 사실을 알아 내자마자 지체 없이 행동에 착수했다.

지미는 수개월 동안 틈날 때마다 이 집 저 집을 돌며 서명을 받아 냈다. 그는 청원에 필요한 서명을 받기 위해 여러 마을에 흩어져 사는 고모와 이모들에게도 도움을 청했다. 그는 한 라디오 프로에서 서명을 요구하는 광고 방송을 할 기회를 얻었고, 한 음식 박람회에서는 부스를 설치하기도 했다. 그는 무척 오랜 시간을 들여 열심히 노력했다.

드디어 주지사를 만나게 된 지미는 자신의 청원에 대해 설명하고 서명을 부탁했다. 주지사는 즉시 서명했다. 그리고 물었다.

"그런데 우리 주의 좌우명으로는 어떤 게 좋다고 생각하느냐?"

지미는 즉각 이렇게 대답했다.

"목표가 있다면 이루지 못할 일이 없다."

당신은 지금 목표를 갖고 있는가? 당신은 그 목표를 이룰 수 있다고 믿는가? 당신은 그 목표를 이루기 위해 모든 노력을 다 하고 있는가? 만일 다 하고 있다면 당신은 분명 승리할 것이다.

희망 속에 행복이 있다.

—포

인생은 한 권의 책과 같다.
—장 파울(독일의 소설가)

인생은 한 권의 책과 같다.
—장 파울(독일의 소설가)

> 사람으로써 지켜야 할 도리가 있으니
> 배불리 먹고, 따뜻하게 입고,
> 편안히 산다고 할 지라도,
> 교육이 없으면 새나 짐승에 가깝다.
> ─ 맹자

메인 주에서 한 감자 농사꾼이 추수 때 일손이 딸려 일꾼 한 명을 불렀다. 그의 집 뜰에는 트럭 한 대 분량이 넘는 감자가 높이 쌓여 있었다. 농부는 일꾼한테 큰 감자와 작은 감자를 분리해서 따로 쌓아 놓으라고 지시했다.

정오에 농부는 일꾼이 일을 잘 하고 있나 보러 왔다가 4시간이나 지났는데도 감자 더미가 그대로 있는 것을 보고 깜짝 놀랐다.

농부는 아무리 게을러도 이럴 수가 있나 하는 생각에 충격을 받았다. 그는 일꾼에게 왜 아무 일도 안 했는지를 물어 보았다.

일꾼은 대단히 고통스러운 듯 얼굴을 찡그리며 말했다.

"감자를 옮기는 건 어렵지 않습니다만, 이 감자가 큰 감자인지 작은 감자인지 몰라 망설이고 있습니다."

소박한 철학자 앨버트 허버드가 이렇게 말한 적이 있다.

"어떠한 간부라도 '당신이 분명한 입장을 취하는 경우는 욕실 체중계 위에 올라설 때뿐이다' 라는 말을 들으면 결코 참지 못하고 달려들 것이다."

어떤 결정도 취소해서는 안 된다고 생각해서 결정 자체를 주저하는 사람들이 있다. 현실에서는 잘못된 결정이라는 것이 증명되었는데도 같은 결정을 다시 하는 경우도 가끔씩 생긴다. 사활이 걸린 중대한 결정을 하게 되는 경우는 아주 드물다.

결정하지 못하는 무능은 자신감이 없음을 보여 준다. 자신감을 갖고 미루지 말라. 결정하라.

안 된다는 것은 하지 않기 때문이다.
어떤 일이라도 하려고 한다면 되는 것이다.

— 맹자

좋은 희망을 품는 것은
바로 그것을 이룰 수 있는 지름길이 된다.
—루터

184

참을성과 신념이 없으면
무슨 일에서나 실패자가 된다.
— 동양 명언

오늘 하루 좋은 행동의 씨를 뿌려서
좋은 습관을 거두어들여라.
좋은 습관으로 성격을 다스리는 날부터
운명은 새로운 문을 열 것이다.
— 데카르트

맛있는 음식이라도
한입에 모두 넣고 씹으면
음식의 참다운 맛을 알 수 없다.
　　　　　—이율곡

나쁜 사람을 만났을 때는
그 사람이 지은 죄나 잘못이
당신에게도 있지 않는가
곰곰이 생각해 보아라.
— 세르반테스

실속있는 성과를 얻으려면
한 걸음 한 걸음이 힘차고 충실해야 한다.
— 단테

미숙아로 두 달 일찍 세상에 나온 켄트 컬러는 태어나서 숨을 쉬지 못했다. 의사는 산소 호흡기로 그의 생명을 구했지만, 그로 인해 켄트는 시각장애인이 되었다.

그의 부모는 아들이 시력을 잃기는 했지만 인생까지 망치지 않도록 하겠다고 결심했다. 부모는 그가 나무 오르기, 자전거 타기, 학교에 가는 일을 포함해서 사실상 다른 아이들이 하는 모든 일을 스스로 할 수 있게 가르쳤다. 그는 자신으로서는 어쩔 수 없는 불운을 겪었지만 A학점만 맞는 학생이었고, 보이스카우트 단원이었다. 그가 가장 좋아한 책은 〈천문학 골든 북〉이었다.

켄트는 고등학교 졸업식에서 고별사를 읽었고, 대학에서는 비 베타 카파(Phi Beta Kappa : 1776년 창설된 성적이 우수한 미국 대학생 및 졸업생 클럽)의 회원이 되었으며, 물리학 박사 학위를 받았다. 20대 초에 켄트는 미국 항공 우주국에 컴퓨터 모델을 제출해서 우주 비행선의 레이더 체계를 개선시켰다. 오늘날 켄트는 미국 항공 우주국에서 가장 창의적이고 생산적인 과학자의 한 사람이 되었다.

할 수 없다는 말을 들으며 자라는 다른 많은 시각장애자들과는 달리 켄트 컬러는 자신이 원하는 것은 무엇이든 할 수 있다고 믿었다. 그 결과 전 우주가 그의 것이 되었다.

당신은 무엇을 할 수 있다고 여기는가? 지금은 당신의 자신감과 용기가 커져야 할 때인지도 모른다.

조안 커티스는 갈림길에 서 있었다. 그녀는 기분 전환을 위해 유명한 애틀랜타 미술가인 라마르 도드의 특별 전시회를 보러 갔다. 그녀는 여러 해 동안 대학에서 일했지만 자신의 사업을 해 보고 싶어했다.

그녀는 남편과 함께 전시회에서 도드를 만났고, 도드는 그들을 집으로 초대했다. 세 사람이 같이 커피를 마시다가 도드가 불쑥 그녀에게 말했다.

"두려워하고 있군요. 그게 어떤 기분인지 압니다."

그녀는 "그래서 생각하기조차 힘들어요"라고 말했다.

"왜지요? 나는 평생을 두려워했습니다. 그러나 용기는 고집쟁이의 완고함과 같다고나 할까요. 나는 그런 용기를 충분히 갖고 있습니다. 그것은 매일 일어나 해야 할 일을 하는 것이고, 어려워도 실망하지 않고 나아가는 것이며, 다른 사람들이 말리더라도 밀고 나아가는 것입니다."

도드는 기분이 어떻든 날마다 작업실에서 일을 하겠다고 스스로에게 약속함으로써 두려움을 극복했던 자신의 경험을 이야기했다.

커티스와 도드는 친구가 되었고, 커티스는 여러 차례 도드를 찾아갔는데, 한 번은 도드가 뇌졸중으로 그림을 그리던 오른손이 마비된 직후였다. 그럼에도 불구하고 그는 그날도 캔버스 앞에 가서 두 손가락 사이에 붓을 끼우고 왼손으로 오른손을 잡고 캔버스 위를 가로지르는 원색의 완벽한 선을 하나 그었다. 용기? 그렇다. 그것은 바로 지독한 노력의 결과였다.

용기를 내라. 꿈을 이루기 어렵다고 포기하는 것을 강하게 거부하라. 오늘 당신을 당신의 목적에 가깝게 이르도록 하는 일을 하라.

한 마디의 말이라도 소홀히 하지 말라.
　　　　　　　　　　　—윤포(고려 중기의 학자)

자기가 인정한 것을
힘차게 찾아가는 것이 바로 인생이다.
—괴테

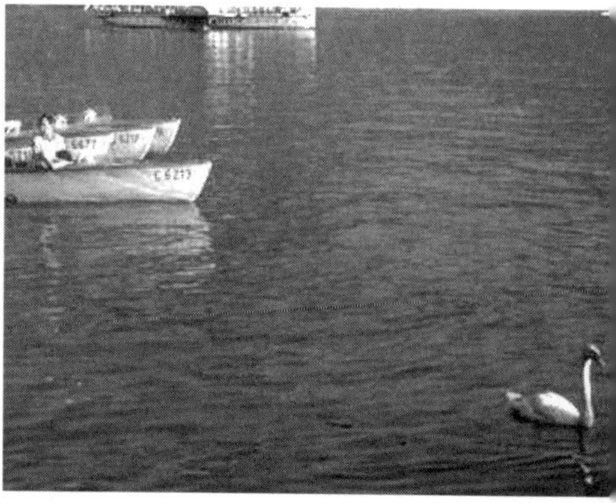

언제까지고 계속되는 불행은 없다.
　　　　　　　—로망 롤랑

언제까지고 계속되는 불행은 없다.
　　　　　　　—로망 롤랑

인생의 고민을 겪어 본 사람이라야
생명의 존귀함을 알 수 있다.
—월트 휘트먼(미국의 시인)

책은 모든 이에게 좋은 것이다.
—키케로

책은 모든 이에게 좋은 것이다.
—키케로

지우는 일은 아름다움을 완성해 나가는 과정이다.
—피카소

자신의 속마음에 있는 생각만이
진실과 생명력을 깊이 간직하고 있다.
— 쇼펜하우어

세계에 영향을 미친 위대한 사람들의 삶을 연구해 보면 그들 모두가 상당히 많은 시간을 혼자서 사색하고 명상하고 내면의 소리에 귀를 기울이면서 보냈다는 것을 알게 된다. 역사상 뛰어난 종교 지도자들은 모두 외롭게 시간을 보냈다.

이 진실은 정치계에서도 변함없이 적용된다. 처칠, 루즈벨트, 링컨과 같은 많은 사람들이 혼자 시간을 보내면서 많은 유익함을 얻었다고 고백했다. 대부분의 주요 대학에서는 교수들이 사색하고 연구할 시간을 갖게 하기 위해 불과 얼마 안 되는 시간의 강의만을 맡기고 있다.

사람은 혼자 있을 때 과거를 정리해서 전망을 세울 수 있다. 미래를 그려 보고 그 미래를 실현시킬 계획을 세울 수 있다. 혼자 있는 시간은 무엇보다도 자기 자신을 이해하고 자신의 일을 추진하는 데 유익하다.

자기 발전을 위한 시간을 가져라. 정기적으로 찾아가서 말없이 혼자 앉아 있을 수 있는 당신만의 공간을 만들어라. 이 공간을 위해 산보를 하거나 다락방이나 헛간을 혼자만의 공간으로 만들 수도 있다.

하루에 최소한 30분은 침묵하는 시간으로 따로 떼어 놓아라. 그 시간 동안에는 집안 일과 직장 일로 걱정하지 않고, 그저 내면의 소리에 귀를 기울이겠다고 마음먹어라.

사람의 고민은 밭에 난 잡초와 같아
뽑지 않으면 무성하여 곡식에게 해를 주지만
서둘러 뽑아 버리면 곡식이 잘 자란다.
—채근담

그대가 만약 좋은 일을 하고 싶다면,
먼저 가장 가까운 의무부터 실행하라.
— 찰스 킹즐리

로버트 태프트가 1952년에 치른 공화당 대통령 지명전에서 드와이트 D. 아이젠하워에게 패했을 때 어느 기자가 그에게 개인적 목표와 정치가로서의 목표에 대해 물었다.

태프트는 대답했다.

"나의 가장 중요한 목표는 1953년에 미국 대통령이 되는 것입니다."

기자는 능글맞게 웃으며 다시 물었다.

"그러나 이젠 끝난 일 아닙니까? 안 그런가요?"

태프트는 전혀 당황하거나 화난 기색을 보이지 않고 담담히 말했다.

"그래요. 그러나 나는 오하이오 출신 상원의원이 될 수 있었습니다."

자신의 목표를 화살의 표적이라고 생각해 보자. 과녁의 정중앙은 100점에 해당한다. 그 밖같의 원들은 각기 80점, 60점, 40점, 20점이다. 정중앙을 향해 쏘면 가끔씩 그와 비슷한 위치에 때론 정중앙에 맞기도 할 것이다. 또 어떨 때는 60점에 맞을 것이고, 심지어 20점에 맞을 수도 있다.

그러나 100점을 겨냥하지 않는다면 활을 여러 개 쏘더라도 전혀 점수를 얻지 못할지도 모른다. 누군가 이런 말을 했다.

"나는 아무 일도 하지 않고 성공하는 길을 걷느니 차라리 위대한 일을 하다가 실패하는 길을 걸어갈 것이다."

오늘 스스로를 성공한 자, 승리한 자, 극복한 자, 정복한 자로 여겨라. 당신이 보는 당신의 그 모습을 이루려고 해 보라. 상상할 수 있는 자신의 최고의 수준에 이르려고 해 보라. 설사 목표에 미치지 못한다 하더라도 꿈과 목표가 없을 때보다는 훨씬 많은 것을 성취할 수 있을 것이다.

생각은 마음에 비치고,
마음은 행동으로 나타나는 법이다.
―채근담

> 한 가지의 그릇된 일을 삼가라.
> 그러나 좋은 일은 서둘러 행하라.
> — 아우렐리우스

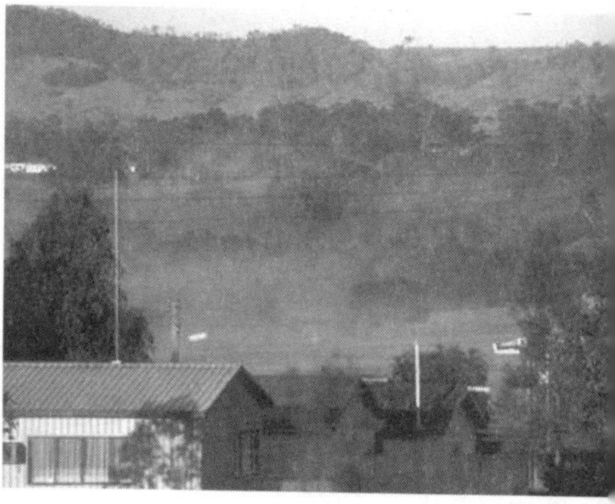

본래의 것에 만족하라.
—장자

본래의 것에 만족하라.
—장자

젊음은 자연의 선물이지만,
노년은 자신이 만든 작품이다.
—G. 캐넌

남보다 좋은 계획을 세우고
그것을 실천하는 사람이 훌륭한 사람이다.
— 라로슈푸코(프랑스의 고전작가)

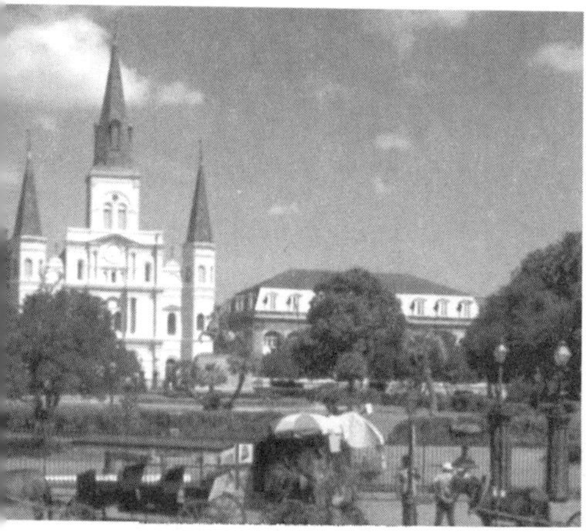

저명한 영국의 군사 전문가 리델 하트는 뉴욕에서 만난 어느 젊은이의 일화를 이야기하기 좋아했다. 그 젊은이는 여러 상점을 드나들며 꼬박 일주일을 보냈다. 1달러짜리 지폐를 50센트 동전 두 개로 바꾸고, 50센트 동전 두 개를 25센트 동전 네 개로, 25센트 동전 네 개를 10센트 니켈 동전 10개로, 10센트 동전 10개를 1센트 동전 100개로 바꾸면서 말이다.

그는 이렇게 1달러 지폐를 1센트 동전 100개로 바꾼 뒤 다시 1센트 동전을 10센트 동전으로, 10센트 동전을 25센트 동전으로 바꾸며 이 상점에서 저 상점으로 전전했다.

하트는 그가 이 과정을 세 번 반복하자 그에게 왜 이런 해괴한 짓을 하느냐고 물었다. 젊은이는 능글맞게 웃으며 말했다.

"언젠가 누군가는 실수를 하지 않겠습니까? 그러나 아직까지는 아무 일이 없었습니다."

최선을 다하는 것도 중요하고, 게으름이나 정보 부족으로 실수를 하지 않는 것도 중요하지만 의미 있는 일을 하는 것이 훨씬 더 중요하다.

　의미 있는 일을 해야 당신과 당신 주변의 사람들이 성장할 수 있다. 즐겁게 모험의 길을 가자. 실수할 수 있어야 실수로부터 배울 수도 있다. 승리자는 잘못이 없는 사람이 아니라 잘못을 뉘우친 사람이다.

"진심으로 이렇게 말하는 것입니다." — 당신은 진실성이 가장 부족한 사람과 마주하고 있을 가능성이 있다.

"전, 정직한 사람입니다." — 거짓말쟁이!

"저를 아는 누구에게든 물어 보세요, 다들 제가 다른 사람에게 손해를 끼치는 행동은 결코 하는 않는 사람이라고 말할 것니다." — 사기꾼

기도하는 사람처럼 손을 모으기도 하고 자세를 꼿꼿하게 세우는가 하면, 손가락 끝을 마주 대느라 모았던 손을 뗀다. 당신에게 말을 하는 동안 손을 몇 번이나 앞으로 내젓기도 하고, 당신의 이야기에 열심히 귀를 기울이고 있는 것같다. — 당신이 말하는 것을 한마디도 듣고 있지 않다. 그는 단지 비즈니스에 있어 당신을 꼼짝못하게 할 수 방법에 대해 생각하고 있는 것일 뿐이다.

오른쪽 검지를 윗입술에 갖다 대고 계속 고개를 끄덕이는 모습이 당신이 현재 직면해 있는 문제를 무척 안타까워하는 것같다. ― 그는 자신의 시간을 얼마나 낭비했는지 생각하면서 라운딩이 끝날 때까지 기다리지 않고 클럽을 떠나야겠다는 생각을 하고 있다. 사실, 고개를 끄덕이는 것은 자기 스스로에게 하는 행동이다. 그는 집으로 가는 길에 잠시 바에 들러서 마티니나 한두 잔 해야겠다는 생각을 머릿속으로 굳히고 있는 것이다.

안경을 벗어서 닦고는 도로 끼고, 그러다가 5분 후에 다시 똑같은 행동을 한다. 안경을 도로 꼈다가 잠시 후에 도로 벗더니 안경다리 끝으로 이를 톡톡 두드린다. ― 그는 시선을 마주침으로써 자기 자신을 드러내고 싶지 않기 때문에 자꾸 다른 행동을 하고 있는 것이다.

성과는 조그마한 가치가 모아져 이룩된다.
—단테

실패에 있어 달인은 없다.
실패 앞에서는 누구나 범인이다.
—푸슈킨

내 생애의 최대의 자랑은
한번도 실패하지 않았다는 것이 아니라
넘어질 때마다 다시 일어났다는 것이다
—골드 스미스

서둘지 말라, 그러나 쉬지도 말라.
—괴테

생각을 바꾸면 행동이 바뀌고,
행동을 바꾸면 습관이 바뀌고,
습관을 바꾸면 인생이 바뀐다.
— 작자 미상

생각을 바꾸면 행동이 바뀌고,
행동을 바꾸면 습관이 바뀌고,
습관을 바꾸면 인생이 바뀐다.

성공을 위해 가장 중요한 것은
꼭 성공하고 말겠다는 확고한 결심이다.
— 에이브러햄 링컨

뜻하지 않은 사고를 극복해서
자신의 힘으로 기회를 만들어 내는 사람은
100퍼센트 성공한다.
— 데일 카네기

우리의 문화는 모두가 거치는 짧은 청춘기에 모두 집중되어 있다. 만약 외계인이 지구에 온다면 광고와 영화, 잡지, 드라마를 보고 인간들은 인생의 대부분을 짧은 절정기에 소모한다고 생각할 것이다. 실제로 우리는 대부분의 삶을 청춘기, 화려한 세월, 황금기라 일컫는 전성기에 모두 소모한다.

게다가 전성기라는 것은 우리 사회의 가치뿐 아니라 우리의 마음까지 지배할 수 있다. 만일 당신이 젊고 그때를 향해 돌진하고 있는 중이라면 자연스럽게 받아들여라. 또 당신이 그 시기에 속해 있다면 그것을 마땅하게 받아들여라.

그러나 일단 당신이 무궁무진한 잠재력을 지닌 절정기, 로맨스 시장에서 당신의 가치가 최고에 이른 때, 당신 경력의 절정기, 육체적인 활력의 최상기를 — 당신이 놀랄 만큼 빠르게 뭐든 해치웠던 시기를 — 넘겼다면 당신은 자신이 한물 갔다고 생각할 것이다. 그리고 유혹에 따라 당신의 모든 에너지를 다시 절정기로 돌아가는 일에 투여하거나 절정기만을 추구하는 인생의 방식에 씁쓸해 하며 기가 죽을 것이다.

하지만 이 모든 것을 당신이 선택했고, 그 선택한 길을 따라 걸어 온 결과다. 바로 당신이 선택해 맞이한 현실인 것이다.

일이 순조로울 때일수록
마음을 여미고 앞 일에 대비하지 않으면
뜻밖의 어려움을 겪게 된다.
— 채근담

사람에게 가장 중요한 일은
실패했다고 낙심하지 않는 것이며,
성공했다고 기뻐 날뛰지 않는 것이다.
— 도스토예프스키

작은 일도 목표를 세워라.
그러면 반드시 성공할 것이다.
―슐러

나는 오늘 이 아침에 당신을 믿사옵니다.

나를 당신의 품으로 이끄소서.

나를 당신의 빛 속에서 씻기소서.

나를 당신의 깨달음으로 채우소서.

이 아침에 나에게 보여 주소서, 어둠의 무의미함을.

불만과 욕망의 무의미함을.

후회와 나태한 생각의 무의미함을.

내가 당신과 유리되어 나 혼자 만들었다고 생각한 모든

것의 무의미함을.

이 아침에 나를 껴안고 말해 주소서.

당신이 나를 항상 봐 왔던 대로 내가 나를 볼 때까지.

당신이 나를 영원히 아는 대로 내가 나를 알 때까지.

결코 떠나지 않았던 곳에서 내가 내 자신을 발견하고

당신의 기쁨 속에서 목욕하고, 당신의 사랑 속에서 안전

하고 집과 휴식과 당신과 하나됨에 있는 내 자신을 발견

할 때까지.

내가 쓰는 아침형 인간의 노트

초판 1쇄 인쇄 | 2004년 3월 15일
초판 1쇄 발행 | 2004년 3월 20일

엮은이 | 권민식

펴낸이 | 한익수
펴낸곳 | 도서출판 큰나무

등록 | 1993년 11월 30일(제5-396호)
주소 | 120-837 서울시 서대문구 충정로 3가 3-95 2층
전화 | (02) 365-1845~6
팩스 | (02) 365-1847

이메일 | btreepub@chol.com
홈페이지 | www.bigtreepub.co.kr

값 8,000 원
ISBN 89-7891-184-6 03810